五行歌集

光の輪

石井美和

彩雲出版

光の輪

まえがき

五行歌を始めて、十余年が経ちました。

作歌していると、とても楽しいときもあれば、なかなか思っていることが表現できず苦戦してしまうことも数多くあります。

私はどちらかといえば、歌を作るのにじっくり考える方ではなく、短時間に多くの歌を作るタイプです。

五行歌と出合うまでの道程は、とても大変でした。今は閉校になってしまいましたが、講談社フェーマススクールズ子ども美術学園の講師になるための美術の勉強の他、童画、油絵、童話、エッセイ、校正、ＰＯＰデザイナー講座等、いろいろと取り組んできましたが、どれも私が真剣になっても物になったものは何一つありませんでした。あるときに『公募ガイド』で五行歌募集『花かご文芸賞』の記事を拝見したのと同時に、既に『彩』同人でご活躍をされていた高森篁流さまの勧めもあり、私も『彩』の同人となることができました。

今では、五行歌を詠むことが生活の大部分を占めております。とても楽しく、時間を有意義に過ごせるようになりました。

平成二十七年八月に初の拙歌集『女神の落とし物』を出版し、こうして二冊目の五行歌集を出せる喜びが私の気持ちを明るくしてくれます。私の病気も少しずつでも、よい方向に行くとよいと思っています。

偏に素晴らしい指導者の風祭智秋先生に恵まれ、感謝の思いしかありません。

また私を応援してくださる歌友さんが大勢いらっしゃいますので、とても倖せです。

この倖せをずうっと、噛みしめていたいです。

ここまで導いてくださいました先生をはじめ、歌集の制作、出版に携わってくださいました方々に心より御礼を申し上げます。

本当にありがとうございました。

令和三年四月吉日

石井美和

目次

装丁／クリエイティブ・コンセプト
写真／川嶋　雅《みやび》

1章　幸せの菜種

幸せの菜種
転がらないように
落とさないように
私の幸せを
あなたにも　さしあげたくて

風が
雲とが
追いかけっこ
おひさまが
照る下《もと》で

おひさまの
笑顔は
最高の日を
プレゼント
してくれる

咲いたよ
咲いたよ
かたかったつぼみが
ゆったりと
笑っている

芽吹いた
樹木の
青々とした
緑の
美しさ

畑の
中で
お友達を
見つけたよ
心が元気になったよ

日曜の
清々しい
青空
澄む
空気《大気》

雲一つない
青空の下で
空気を吸う
よろこびを
どうしても

明日を
つくるのは
自然だ
太陽も　大地も
水も空気も神様の息

いろ　つや
うつろう
はなばなの
きせつの
うつりかわり

緑音
初夏の
風が
薫風の
記憶

碧の
シャボンを
空が
雲から
吹き流す

梅雨の
季候
よろこぶ
雨の音
聞き

アスファルトの
急所を
狙って
雑草は
生える

カモメが
夏の
到来を
唄う
海の空

海は
どこまでも
揺れる
舟は
風を受けて

夏空に
真っ白な
砂浜の
妖精
星の砂

散る
定め
刹那の
大輪
満開

夕焼け
杏の色
眩しい
夏との
お別れ

風《かぜ》さん
風《かぜ》さん
連れて行って　連れて行って――
頬、伝う涙
悲しみを拭き飛ばして行って――

涙が
流れたと思ったら
雨じゃなくて
雪が
降ってきはじめた…

雪の
結晶
愛の
結晶

現れた姿

雪の
季節を
冬が
運ぶ
ホワイト・シーズン

ひとつき　はやい
クリスマス・プレゼント
サンタさんから
まっしろな　ゆき
うっすらと　ゆきげしょう

冬の花火
　季節外れの
　　ロケット花火
何処までつづく
　憂い事

白の色を
漉き
たちどころに
銀白に染める
凍て雲の様《さま》

神々しい
初日の出
富士山頂の幻
心に
豊《とよ》む

始まりの
風の中
しずけさに
守られて
季節外れの忘れ雪

遠い記憶
辿り行けば
銀河の中で
一番美しいプラネット
愛の水の星

2章　翼望《きぼう》を持って

白いワンちゃんの姿
もこもことして
ふわふわとして
わた菓子みたいで
見てると飽きない

たなごころに
身を
あずけ
笑う仔どもたちの
しっぽの　ほわほわ♪

生まれ変わったら
パンダさんになりたい
パンダさんになれたら
上野動物園で
愛嬌をプレゼント

こころがね
カサカサしていると
きもちまで
ガサガサしてしまうよ
箱の中の猫ちゃんって　あったかいね

ピンクに
しようかな？
ブルーに
しようかな？
かわいいアップリケ

静けさをまもる
湖畔での
アルパカのデート
遊ぶ牧場
幸せの野

口の利けない
かわいい動物さんが
また
一頭
生まれた

何か
特別な
ものを
抱いて
いるのでしょ?

すべての生き物に
プライドがある
動物は牙を剝き
植物は根を張る
深海魚は海に潜る

永遠なる
不死鳥よ
そなたの目は
今の時世を
したたかに見下ろすか

心

うららか
春の　ひだまり
しずかな
午後の温室

お花が
　笑っている
お花が
　笑っている
倖せねって　言っているよ♪

翼望《きぼう》を
持って
人生を渡ろう！
バス乗車中の園児の瞳に
力をもらう私だ

元気一杯の
子どもたちの倖せな笑い声が
決して
遠去かりませんように
神様にお祈りします

近所の
スーパーでの
ショッピング
見なれていても
鮮やか

花の光の粒子
キレイなハートのお返し
詠むつどに
ピュアの　つぶつぶ
まぁるで果物のよう

少女の歌声は
微笑み似合う
静かにお花が
プリズムの光浴びて
心ときめき囁きの歌

小花の
一輪に
風が
ささやく
友達になってくださいね

やさしい
かおりの
正体は
せっけんと
シャンプー

心の
　　　モヤモヤ
消し去る――
外出する際の
ちふれの　五七八番《くちべに》

あめは
いこく　じょうちょを
はぐくむ
ほぉら

こんなに――

うつりゆく
しゃそうの
けしき
のぞけば
エキゾチックな　まちなみ

あのひ　いらい
あまあしと
ともに
ワン・マン　バスが
だいすきに

眠気の嵐に
ひきずりこまれ
寝過ごして　うっかり
よその停留所
うかつも　うかつなお話

人は
様々な
個性持つ
色々な人が要るから
社会が在る

ランキングなんか
問題じゃないのだ
好きな物を好きと
言える一番のもの
それが自分の強さ

私の四月の
誕生石
ダイヤモンド
相応しい
女性でありたい

サファイア
アクアマリン
ターコイズ
どれも貴方の
色が入ってる

真新しい
NOと
古い
YES
どちらを優先

漫画家は
大変だ
どんな悪役でも
真心込めて
丁寧にペン入れしなくては

楽しさが
面白味を
知る
素敵な
隠し味

何から
手を
染めようものか
小さな手から得る
感動は大きい

あれも
良し
これも
良し
ハートの中

ありがとうが
こんなにも
親近感を
呼び起こす
まるで魔法ね

3章　君よ　〜二文字歌

心は
常に
何を
求め
動く

胸に
愛を
掲げ
心に
夢を

案外
近い
処に
君は
居た

弱い
人の
心を
知り
応援

母の
背に
顔を
埋め
育ち

母の
着る
柄が
心と
調和

母に
孝行
して
幸せ
満喫

今が
一番
幸せ
福徳
の心

私は
身と
心に
持病
有り

私の
病の
完治
何時
かな

人は
夢を
見る
為に
眠る

夢を
見て
宙を
割る
彗星

風が
君の
長い
髪を
撫で

心が
恋を
求む
涙で
咽ぶ

涙を
溜め
私の
手の
中に

光の
先に
見る
白い
一羽

命の
炎は
熱く
燃え
滾《たぎ》る

気分
解《ほぐ》し
心を
歌に
染め

共に
在り
共に
詠う
歌を

字は
魂を
宿す
紙に
命を

咲く
花よ
風と
遊ぶ
君よ

4章　おかあさんのまほう

包懐
思いを
胸に
母の背中の
揺り籠

母の
優しさは
格別で
特別で
最高なのです

おちこむ
私を
抱きしめてくれる
母の
腕

こころが
やさしさで
ほぐれてゆく
母子の関係とは
言葉以上のもの

いつまでも母の理想の
優しい娘で在りたい
気立てが良くて
元気いっぱいの
明るい乙女で在り続けたい

幼い
私に
絵本から
導く
愛を授けてくれた母

強さの中に　愛を
母のような
優しさと
父のような
逞しさ

思えば
四十年間
シングル・マミー
ダディーを亡くしても
幸せがたくさんあった

母が
あまりに
素晴らしい
女性《ひと》なので
見習う事ばかり

私の苦労など
母の苦労と
ひかくになりもしない
お母さん
すみませんでした

ごめんなさい
　お母さん
また、心をふみにじって
また、嘘ついちゃったのね……私
素直でない自分が恥ずかしく

洋服
汚れた――
せっかく
母が買ってくださった
高級品が泣いています

止められない
母への甘え
つい
すがる
私の悪い癖

私は
母に
「幸せですか」
母は
「今が一番幸せよ」

母に
「ありがとう」
口に
するたびに
倖せが

母の
手から
おりなす
鮮やかな
庖丁さばき

母が愛情を込めて
作ってくださる
蒸し焼きして食べる身の
やわらかさに
舌まで　ほぐれそうだ

母の手料理は
人類最大級の
強大な魔法だ
どんな人も皆
心を入替える

母の手料理の
お陰で
書きたさを
充電できる
美味しいから

お母さんからの
愛情を
一身に受け
こうして
歌を詠む娘に

私の
幸せは
母の
手から
作られたもの

しあわせはね
おかあさんと
おとうさんと
きょうだいがいて
おうちがあって　いえること

わたしは　お家に帰りたい
お母さんの傍が
わたしの指定席
わたしは　お家に帰りたい
わたしは　お家に帰りたい

母の
愛
有ればこその
私の
半生です

睡魔が
やや遅く
やって来る
翌朝は希望をもって
母の笑顔が見たい

ワンパックの
イチゴが
二九〇円
母へ
プレゼント

おかあさんの
まほうに
かかってしまえば
パワーは　みなぎり
元気になれる

母が好きだ
大好きだ
何時かは来る
別れは
必ず、だ

一生懸命
生きて来た
母娘《おやこ》です
そろそろ　二人そろっての
幸せを新たに――

幸せそうね、あなたの笑顔が好きよ
母の　丁寧丁重な言葉と態度が
私を此処まで大きくしてくれた
私は黄色の　タンポポの種
風に飛ばされ何処まで吹かれよう

5章　光の輪

美しいものが
こわれませんように
伝統が
受け継がれ
守られますように

明日
二〇一九年
五月一日から
元号
替わる

美智子様
長きに渡り
御公務
お疲れ様でございました
ごゆっくりお休みになられますよう

端午の節句
五月五日
スカイ・ブルーに
縁取られ
鯉幟は空を泳ぐ

光の輪
子ども時代から忘れない
和みの愛
美しさは
はじまりを見せる

おじいさま
おばあさま
わたくしを
可愛がってくださり
本当に有り難うございました

好《佳》い味出てたの
おばあちゃん
作ってくださった
数多い
美味しい手料理に沢山のありがとうの愛情

祖父の遺影が立派に飾られている
祖父母の部屋
今　私は此の八畳の部屋で
ひとりきりでパソコンに向かい
御邪魔様　留守を預かる

声響く　やさしさの音
奏でる　星の水の音《ね》よ
自然と快く
戯れてあるような
幸せが音を合わせるような

つながる
むすぶ
現在
過去
未来　そして地球は宇宙の謎を説くようだ

人類とは
地球の居候
大宇宙とは
神様の
子どもたち

小さな
命の
誕生
無意識に
愛を求める新生児

ひとりぼっちでは
社会は
造れない
人の愛という支えがなければ
何も育たない

余計なお節介だから
時に必要だ
心を開くために
人類は愛に
結ばれている

美を
咲かす
花は
あなたを
愛してる

短い
命だから
気高く
美しく
花は咲く

歌を
詠う愛を知る
美しい樹木
陽を受け
おひさまのもとで笑っている

神様は
御金を
求めない
人間社会に一番
欠いてはならない愛だけ

在るべき処に
在ってほしい
灯のぬくもり
夜鍋して仕事
思いよ届けと

小さな事から
コツコツと
育んで行けば
やがて
美しい物、発見

世界中の
ひとり　ひとりに
愛が　あるならば
健やかな
鍵も　きっと在る！

やさしい方は
強い人
くじけない
人生を
知っている

夢
　思えば
夢
　来たる
夢追い求め

出合いは
一冊の本
人生の転機が
これ程に大きいのか
幸せの海洋

感情が
エスカレートすれば
宇宙の
何処まで
とんでゆくのか

ほのかに
白い
月
ひそやかに
星の　またたき

ゆっくりで
いいのだよ
のんびりと
ゆったりと
のびやかに

青空に
　有り難う
雨雲に
　有り難う
生きる力に　有り難う

無限の
色彩を放つ
言葉のパレード
世界の窓を
ひとつにする

6章　おいしい予感

身を
わきまえて
真心こめて
米を炊ける
倖せ

おいしいご飯が
食べたい
それだけの
かけがえのない
夢

御魚が
好き
大好き
旬の
秋刀魚

母の手料理が
真においしいので
頭の中の
山と海と陸と宇宙とが
ひとつになる

甘い話より
甘いお菓子の方が
何よりの倖せ
家族の家庭のなか
心にしみこむ

愛の
こもった
紅茶
ほんのり色づいた
レモンの香りの

お洒落な
カフェで
過ごす
一杯の
お茶

楽しい一時《ひととき》
ティー・スプーンを
くるくる回し
ミルクも
たっぷりめに

青いままの
果実
清純な
乙女の形をした
パパイヤ

沖縄ツアー
初めていただいた
紫芋
甘さとおいしさに
ホッぺもよろこぶ

さみしそうに
欠けた
氷が
グラスの中で
カラリ……　と音をたてる

海外の水は
買わねば
飲めない
日本は
スゴイ

のどが　かわいた
うるおしたい
こころ　いっぱいに
ああ……あの　いってき
どうして　わたしは　のめないでいる

おいしく
　御飯を
　　食べるため
真面目に
　働き生活をする

食卓に
上がる数々の
手料理
お母様、素敵すぎです
本当に毎日ありがとう！

曲げて　曲げて
伸ばして　伸ばして
ハイ！
ここらで　深呼吸
「御茶にしましょう♪」

うるち米
煎餅の
焼かれる
芳ばしい
日本の香り

静かな時よ
湖畔の周りに
赤羽の野鳥の声
出されたメニューを
味わい楽しむ一時

有り難うが
うれしくて
来ています
カフェのマスターが
淹れる一杯の珈琲

優しい日の
夕日は
甘いドーナツに
出合える
おいしい予感

7章　覚えたての愛

愛情は
どんな
形で
あなたに
伝わるのでしょうか

愛情が濃くなると
無意識に
想いを届けたくなる
歳なんて問う事も無ければ
どのような立ち位置だって構いません

気持ち
健やか
リフレッシュ
笑顔で
貴方を出迎え

セクシーな
香りが
緩やかに
香る
買って間もない、オードトワレ

日本人女性なら
黒い髪に
黒い眸《ひとみ》
明るい短めの
健康的な　桜貝の爪

美って
何処から誕生するの
綺麗って
何所までのことを
意味するの

春
　麗ら
貴男からの
　くちづけ
恋しいほどに

好きでした
大好きで
たまらない
燃える
心臓　五臓六腑

花は
愛する
人の
ために
咲く

糸と
針の　秘密の談《はなし》
衣裳づくりの
お手伝いなら
私たちに　お任せあれ

光と
眩しい季節との巡り合わせ
知らぬ間に君は
ハートのお着替え
僕だけの小さなプリンセス

美しき者を待つ
黄金の馬車
硝子のハイヒール
主を
待ち侘びる

姫の
黒髪
黒眼
　美しき
　　優しい物言い

見違えるほど
綺麗になったね
香り
芳しく
芳醇で

サファイヤの瞳
長い黒髪
やわらかな
色合《いろあい》の唇
美貌を際立たせる長い睫毛《まつげ》

女は
何時だって化粧という
仮面をかぶる
男は女の
仮面の下の素顔を知らない…

綺麗ね
素適ねって
言われて
嬉しいのは
花も同じ

貴男が
くれた
愛しい
白のシェルの
ペンダント

愛はマジシャン
数々の
トリック
気づきもしないまま
虜になっていった

やわらかに
やさしい風に
触れられ
君の瞳を
見つめた

泣いてばかりじゃ
せっかくの
お化粧も台無し
何時でも大丈夫の様に
私は、すっぴん

私はね
貴方を
知って
心の栄養
もらったの

言葉の
奥に
何を
しまいこんでいるの？
にこやかに笑む貴方

身も心も安全第一
一歩まちがえれば
落とし穴
でも、もう大丈夫
貴男が居るから

あなたと
初旅行
タイム・テーブルを
よそにして　あなたときたら
ポテトチップスなどぽりぽり

無邪気に
ほほえむ
貴男の前
しずかに
瞳を閉じ

その長く
美しい
のど元に
紅い星
残してく

貴方の
素敵な
声が
心に
浸透する

かつての
傷が
痛む
優しい貴方の声を
聞くたび

セルリアン・ブルー
インディゴ・ブルー
染められてゆく私の心の色
その風合いに
貴方の影

しあわせの
白い雪となれ
しあわせの
白い息となれ
貴方と私を惹き合わせたゲレンデ

初恋に
かわったかのような
砂糖菓子より
甘い恋
口がよろこぶこの甘味

優しき
その面影は
愛おしき
こころの
あらわれ

苦しまぎれに
覚えたての
　愛を
　　回想した
……ちょっと　切なくて……

8章　私の心

私の心は
一体
何なのだろうか
私だけの
命ではないと思うが

心が
痛いです
心って
何ですか？
心とは何処に有るのですか？

泣きむしなのは
心が優しい証拠
優しい人は
皆に好かれる
心を持っている

気持ち
ハート
こころ
のばしてゆこう
元気な考えが、ラン♪　と　ルン♪

物を送る
　包装紙
あの色
この色
心を込めて　キャラメル包み

気分
上々
晴れやかな
心の色
空高く

人間って
いつから
幾つから
嘘を
付くようになるの？

心もと無い
嘘八百並べても
夢の中
ほろりと
その嘘こぼれ

古いアルバム
モノトーンの
スナップ写真
あの日に一人
かえりたいよ

あと
　もう一歩が
　ふみきれぬ
何度
こころみても

泣きたければ泣いてもいいよ
好きなだけ泣くと良い
そうして
すべて過去だったと
何時か忘れてしまいなさい

何か
言いたいことが
たくさん
ありすぎて
心は号泣

嫌い　を
つくるなよ
何時でも
笑顔を
つくって

まっすぐ
のぼれば
何処まで
行き着ける
空が高い

心は燃える
夢柱
秘中の秘
火の中水の底
体中を駆け巡る

強い
精神力を
自分の
ポリシーに
できたなら

激しい
突然の
雨の中
傘を
さしてくれた人

優しい
あの方
今
何を
なさっておいで？

優しい心が
根づこうとしたら
その根を
枯れさせないように
根を守る

あなたには
特別な愛が
ぎっしりと
あるのです
人を救う愛

あたたかい
朝日を
むかえると
自然に
あたたまる

心だけは
自由でも良いと
自ら諭して
この先は
生きてゆきたい

私の髪が
白く…なってゆく…
まるで、そうだな　心の年輪だ
老いないのは
心の温かさかな

私の人生って
母とね
神様
任せなの
私はね、ちっとも偉くないんだぁ

自立は
我が儘の　一歩先にある
世捨て人
俗世間から
ひとり離れて　ひとりごち

無理と
知っていようとも
駄目と
言われようとも
つい、甘えがち

死は
当然に
誰の人生にも
訪れる
死後、昇天を望むなら善良となれ！

すべては
愛に有る
完全無欠の
愛に在る
人はその愛をさがす世の旅人

苦しい
道を
百超せば
千の風を
浴びる

9章　持病と戦う日々

残酷な
幻聴
幻覚症状
止まらない
やまない

外来患者病棟の席
独りうつむき加減の私
昨日の大きな決断から
立ち直れず
七針の痛みより心が痛む

心の病の
恐ろしさ
だぁれも
知らない
私の悲劇も

持病に押し潰される時
手料理の
母の愛情で
やさしい潮音を
きく

口が利けないということはない
耳が聞こえないということもない
目が見えない不自由さはない
手も脚も無いという体でもない
私は　甘ったれ病だ

私の現実は
持病と戦う日々
「わがまま」と言われても
何が私のワガママなのか
ちっとも気付かずに　四十路の人生

普通の考えが
できないから
精神障害者だ
普通という線
点から始まる

何か素晴らしい
出来事ないかなぁ
私の心は
沈みがち
鬱《うつ》を乗り越えるには　どうしたら？

邪風に
まといつかれて
苦しく
目をつむり
無言のてのひら

心を
読まれる
怖さから
脱せない
自分

淋しい
夜に
つられ
涙を
流す私

今は泣きたいのを
ぐっと耐えよ
明日になれば笑える
その時分になるまで
よくよく休むこと

あと何十年先
薬から解放されるのか
健康な体をとり戻せるか
でもね、医師の丸薬からの縁結び
今や　恋人まで現われた

大きな斜面の
多い半生でした
転がって、瘤《こぶ》ばかりを
つくりました
それでも負けない幸せを掴む人生

治りかけの体に
サンサンと光
照りつく太陽は
私の好きな
貴方の笑顔

一昨日の脚の痛み
嘘のように消え
青い不思議の空
マリン・スカイ・ブルー☆
地球の青は、大海の色だね

急激な
異変
察する
献身的
努力

もう一度
笑って
貴方の笑顔
私の特効薬
皆の愛だから

10章　未来を旅する列車 〜三・四文字歌

春から
初夏の
草花の
青い緑
きれい

未来を
旅する
列車の
車窓は
新鮮だ

明るく
行こう
元気が
一番の
歌詠み

授業で
居眠り
その分
今現在
歌学生

呼吸を
合わせ
笑顔で
ポーズ
にこり

毎日の
生活を
楽しく
する物
ラジオ

貴男と
過ごし
気持ち
豊かに
恋の仲

初秋の
風咲く
公園の
思い出
残る日

錆びた
心じゃ
何にも
成らん
微笑を

美徳を
得る為
歌人は
詩歌を
詠ずる

乾いた
瞳の奥
緩んだ
涙腺に
光の粒

今日も
地球の
はるか
上宙《じょうくう》に
太陽が

切ない
色した
色鉛筆
描く物
夢世界

本当の
倖せは
母親の
愛情の
手料理

日本食を
たっぷり
楽しめる
日本人で
良かった

母の涙を
見るのが
一番辛い
私の弱み
母が好き

ゆうずう
利かない
がんこな
素のもの
私の手指

ひとつの
事のみを
集中して
仕上げる
職人さん

大和撫子
東洋の黒
千年の色
受け継ぐ
大和美女

さらりと
長い髪を
揺らして
心の奥で
紅い口紅

ヒマワリ
その葉が
ハート形
と知らず
眺めてた

強い力に
押されて
歌作り等
ぬり絵も
又、喜び

南十字座
白鳥座の
天の南極
宇宙銀河
夜空の星

泉の如く
あふるる
涙の日々
立ち正し
愛を叫ぶ

みぃんな
こころの
しあわせ
みつけて
いきてく

11章　生と死を見つめて

なぜ
人は
死を覚悟で
子を
生むのだろう

あなたの
死が
この世で
とてつもなく
おそろしく

逝った
命は
誰の
愛に
替わるというのだろう

逝くことだけを
考えては
いけない
生きて
活《い》きて

立ち向かう
戦いでなく
武器を捨て
素手で固い
握手を交す

粉々にされた
屑鉄が
生き返る
その時
銃にされてしまう悲劇

戦争で
勝利したとして
一体　何になるのか
焼野原だけの
不毛な大地

大人も子供も
笑顔で
はじける
社会づくりが
初夢であってと

争う心を
フィルムが止め
音楽に
声を替え
平和という愛をとり戻す

人は
人である以上
神と言えまいが
魂と清らかな理性ある行動が
人を導く技になる

強い人でも
　　　　涙を見せる
このとき　おもう
おなじ――
　　　　人間なのだよね

大好きな人に泣かれてみなさい
声ひとつたてず
なんとも　美しい
涙まで　こぼして
こちらの方こそ、わびたくなるわよ

人は、ひとりでは生きては
　ゆけない
　幸せを　かみしめて
　最期まで
前進する魂という命がある

行けども
行けども
御花畑
そして細く、長い長い
清らかな三途の川……

他ならない
魂は
宙を舞い
宙をきり抜け
空となる

何も入らない世界
おしつぶされそうになった異界
はてしなくつづく
論争の中心
あなたは静かに佇む人

孤独の光に
世界の
見えないカゲが
克明に
映る

あの汚れた土地去って
私は風を受け
どこまで流されるのだろう
五行歌を詠い続ける倖せを
知ったばかりだというのに

透き通る
あなたの心は
美しい
誰の存在よりも幻で
でも、あなたの魂は広い大地の上

ひとしく
ひとしく
ひとしく　人を
愛してください
神様

私は
この先
如何《どう》なって
ゆくのだろう
最後は小石だというが

運命を
変えるのは
自分を
信じる
強さだ

12章　五行歌　神秘主義

五行歌とは
精神を
清める
心を曲げては
詠むことはできない

未だ
言葉にならない
語を
紡いでゆく
新しい神秘主義

五行歌は
勉強と
楽しむ事
両立を
しっかり

好きな時に
好きなだけ、
自由が
私を創る
歌を詠む桜の園のひととき

悲哀な
人生の中で
灯を得たのが
吉兆の光になり
彩の庭では歌人となった

歌は佳いもの
全国を旅して
世界を越し
果ては
宇宙散策

文才を
磨くことは
人の生涯を
美しく
象《かたど》る武器

ああ　いう間に
消えてしまう
文字を
頭に綴り
組み立てる

過去の
散々たる悲しみを
立ち切るために
私はペンを走らせ
歌を詠む

働きたい！
と切望したら
五行歌を
詠めば詠むほど目は、
ランランランランと

美しい
ものを
仰いで
王道を
歩む歌

五行歌
　本当に、ス・テ・キ

好きな　おもい
好きな　ことば
ペンで描くように　心の奥から染め――

私の五行歌は
歌ではないのかも
好きに人生を歩んで来た
こわれた心
　修正するため

切なくなったら
ハートを
いっぱいこめて
佳き歌を
詠みつなげてる

眠気と闘い
描き出す
作品は
内容の縺《もつ》れが
まあなんと酷く

人を
おもいやる
愛に
目覚め
世を詠め

五行歌
一行
一文字に
魂が吹き込まれている
文字が命の代わり

五行歌の空気
つかまえた
光射す処
出《い》づる
幸の

楽しく
書ける
ということは
ゆたかに
生きていられる幸せ

あっという間に
創られてゆく
我の作品群
満ち足りた
感情に祝福され

五行歌が
脳に
良い
快活な
刺激が有る

この一首一首が
花の茎となって
葉となって
実を結べば
倖せを運び来る

幸せです！
今後も
精力的に
五行歌に
勤しみます！

へたでも
素敵じゃないの！
雑味を
超す
味が残る

あきは
うかれていられないものだよ
ちぃさく　ぼやく
きせつのかがやきに　せかされて
ことばをさがす　たびにでる

細く長くより
太く永く続く
太陽の元気を受け
母の手料理をいただきながら
母の詩《うた》を詠む食事時の五行歌

言葉の
花が
咲いた
魅惑の
花実

言葉が
途切れるのが
嫌で
道化になってでも
私は言葉を紡ぐ

一首
一首
一首の
歌に
愛を乗せて

五行歌から
新しい未来が
開かれて行く
数多くの
記憶を心に乗せて

13章　歌友さんと一緒に

書く
楽悦
趣味
一緒
歌友さん

元気をもらうために
歌友さんと
詠み　読み
交わす　感想交流
素敵な好い事有る日

歌は
自然体であっても
光を
読む方が
与えてくださる

何一つ
すばらしい事が
できない
私でも
歌では主人公

あなたと
浪漫を
楽しみ
生きる
よろこび

大丈夫☆
まだまだ元気を忘れないで
お互い心の傷
かかえている者同士
この先、素晴らしく生きてゆこうよ

きれいな言葉
そのなかに
宝石よりも
美しい
愛、たくさんの幸せ

走り書きした
心のメモ帳
ペンで
貴方の名前を
新たに

ありがとう
この気持ちを言いたくて
伝えたくて
今、自身は
此の世界に居る

私のことばで
傷つけさせない
他の誰より
あなたを
大切にしたい

作品の
一首
一編が
読み手に
伝わりますように

感動
心　震えるたび
全身が
ふるえる
涙まで　こみあげてきそうだ

孤独の人生
忘れ去り
唯一
愛するという温もりをとって
返歌する

出会いは
別れの始まりだが
別れが
出会いの始まり
今や歌友さんとの愛がいっぱい

優しい　素晴らしい方に
お逢いするたび
よぉし、頑張るぞぉ
っていう　気合い頂き
今までの苦労が報われる

自身が
楽しい気分で
なければ
せっかくの原稿用紙が
泣いちゃうよ

窓の
小さな
月明かり
――灯《ともしび》――
君に逢えた幸せかみしめる

あの辛さを
味わうことになっても
私の詩歌を
読む方の心で救われます
〝有り難う〟

14章　努力一丸の一生

くじけるために
出生して来たのでは無い
望みと願望が
澄みきるまで
努力一丸の一生

地に
降り立ち
息吹
奏でる
詩歌

人は
生まれて
人は
人らしく
人間らしく

悔しくて
涙を
ほとほとと
流す
私なのだ

苦労を
苦労とも
思わない方こそ
神様に必要とされ
愛されている

苦労したから
笑えるのでは？
泣いた分
幸せになったのでは？
ただ　本人が見えないだけのコト

美しい曲と
あゆみだす
人は
その時
感動にふるえる

燃える茜の空
明日の光線
待つよう
月が照りだせば
星の舞踏会

遠い遠い太古から
空は在った
海は在った
山も陸も在った
人類ばかりではない恵みの星

飛びまわろう
あの雲を抜け
太陽光を
浴び
宙まで

人生そのものが
アドベンチャー
夢を追いかける
少年の眼差しだ
生きる生命の力

夢が
こわれない事を
祈りながら
夢を
追いかける

遂に
孤独から
自由の身に
そうか！
人生の目的って　その味か

人生を
縄で
しばりあげる何てことを
私という
自由がゆるさない

わずかに
見える
海の帆の
その先は
大海原の先は　みはてぬ大地

生きる幸せは
五行で
表す
原野の
花

美しさとは
見たくれでは無い
心の美の何足るかだ
美しさは
形、容姿では無い

人の眼は
本物を
見極めるため
備える
真実の底力

瞳の中の
あなた
言葉では
嘘がつけても
心では嘘をつけない！

許しなさい
許しなさい
許せる事と
おもって
心を開くことです

まちがっていた
こころ　が
体内で
ざわめき
はじめた

他人の不幸を
待っていると
自分まで
不幸になっちまうんだよ
人の悪口なんて口にするもんじゃない

心、交わしたい
おもい届かず
夜の寒さ
孤独の
夜明け

さみしくなったら
鏡の前で
ほほ笑んで
君の涙を
歌で拭ってあげる

意見を
述べる前に
　一挙に
風に押し遣られ
　　――たじたじと

辛かったね
泣くしか
できなかったかい？
反撃しなかったのは
賢明だよ

むしゃくしゃする
心のまま
あらわすようじゃ
まだまだ
子ども

世の中に
　　順応出来ない
かといって
長い物には、巻かれたくは無い
――人生は　私だけのもの――

おーい！
私は
此処に
居るよ
此の本の中に、ね

生きるが為の
人の悲しみと苦しみの
美しい奇跡の光見出しつつ
新なる道程《みちのり》を
縫うよう進む

15章　とこしえのよろこび

眩しい光
とこしえの
よろこび
さいわいの
ひととき

風に色が合うならば
光と音も
加えましょう
心の色が染まるまで
端から端まで一枚の絵となるまで

児童の待ちに待った夏休み
休日の顔　顔　顔
その日　その日の
子どもたちの
元気な笑顔

噴水
夏場の
潤いのオアシス
子どもたちの
はしゃぐ元気な声と水しぶき

ちょっとした
思いを
留めておくと
たちまち
幸せになる

ああ
貴方も？
共通点
有るから
その分しあわせ

倖せって
簡単

原稿用紙
キャンパス・ノート
ペンさえそろっているならサ☆

面白く
楽しい
時の
過ごし方で
心も笑う

かなしいときは
そうだけど
うれしくても
なぜなのかな？
涙が流れて

待ち人来たる
探し物もまた
見つかって
ほっとして
ほっこりと

あなただけ
私には
あなただけしか
ほんとうは
ありえない

ひとりの手は
小さきもの
ふたり重ねれば
両目から
熱き涙の跡

憧れの
貴方
今
何処を
見てますか

気になる
彼《あ》の人
愛にならない恋だけど
下手すりゃ
道化にもならない　おもいだけど

素直に
言葉に
出せば
良いのに
何故か肩肘張る

君の
居ない
海岸は
セピアに
染まるだけ

時の
運
不運
神のほほ笑み
待つ

間違って無い？
美しい香りが
残される内に
優しい花びら落ちる音
あなたの風の中

屈する日々の
やるせなさよ
終わり見えず
貴方と出会う
夜間列車駅舎

どうしたら
打ち解けられるか
和やかに
にこやかに
明るい笑顔があればこそ

自らの人生を
ほがらかに　させるのは
白い歯が
魅力的な
笑顔

ありがとうの
ほんとうの　いみを
おしえてくれた　あいことばは
あなたに　おめにかかるまで
たいせつに　とっておいた　たからもの

16章　苺の白い花

令和三年目で
五十の私
プレゼントは
母の健康《しあわせ》
それだけです

五十からの
言葉の
プレゼント
今日も私から
大好きな貴方へ

五行歌人にとっては
優しさが
すべて
優しいから
強いのです

燃えるように
熱中して書く
五行歌と詩が
命と命の絆と
なってゆく本

ふわっと
かけられた
タオル
新しい
香りがした

心が
キレイな
人は
キレイな
瞳を

母は
慈しむように
我が子と思って
苗木を
育てる

黄色の
フルーツトマト
挿し木でも
良く育つ
土壌の子

真夏も
元気に
花咲かす
苺の
白い花

ちぃちゃな
葉っぱに
守られて
虫たちも
育っていく

母が
居るだけで
倖せになれる
母は　もう一人の
神様

自分は
誰よりも
劣っているから
人一倍の
努力が

先刻《さっき》までの
機智の閃き
またしても
泡のように
消えるだけ

心の
苛《いら》つきは
何処に
行けば
消えますか

樹齢
数百年の
太古の樹
小さな芽からの
力強い命の始まり

詩歌で
我が
一生を
詠み
あげる

そうか！
そうだったのか！
結局
最後に行きつくところは
愛なのだ!!

17章　未来へ

来ますように
来ますように
明日という
未来の花が
咲く朝が

一瞬の
よろこびに
私は在った
負けまいとする
熱き情熱

早く
元気になれ！
早く
明るい自分に
戻れ！

言葉の
あれこれ
問うのならば
なんでも好《い》いから
人間らしい温かみを

銀河の
神秘なる
姿よ
やさしき
母の涙は水の星

御元気で
涙を
日差しに
　　　　あてて
乾かしましょうよね♪

星が
瞬く
音が
きこえる
宇宙の中で歌ってる

ハートを
抱き締めて
眠ろう
愛
逃さず

貴方の
眼差しが
あつい
心を
過《よぎ》る

言葉の
重味を
如何《どう》にかしたい
〝愛〟って
どこまでの距離

愛、それは切なく
愛、それは尊く
愛、それは深く
愛を知るため
人は生まれた

幸せって
世界の
どこかに咲く
花だと気付くことが
愛の発覚

好きこそ
ものの上手なれ
愛こそ
人類平和の
灯であれ

眠い目を
こすり　こすり
希望に満ちた
御来光を拝む
清々しい夢を見た

じっくり
熟す
平然と
足を大地に着かせ
　新時代を今かと　待つ

走り出した
汽車の
力の強弱
どこまでも　ひびきゆく
人生のレール

今の幸せを
一番としましょ
これから先の
不安ばかりで
滞ってしまう前に

今まで
たくさん
詠んできた
この先もずっと
その夢を

今日を
待ち
明日を
祈り
未来へ

18章　自由詩

続く一歩

続く道を
ひたすらに
ただ、ひたすらに
進む一歩
一歩の歩みを止めない
躰が
燃えつづいても

太陽と同化するまで
私は永遠を信じて
ひたすらに
歩きつづける
明日を信じながら
歩きつづける

幸せ

幸せは
心で感じとめる
あたたかなもの
幸せを幸せとして
気づけない人は
不幸だと
母は私に諭す

幸せは
心でうけいれ
心でうけとめる
人のやさしさで
幸せはつくられている
幸せは気づける人へと

旅立ち

誰も居ない
しめっぽい空の下
あの人は
風になって
いったのだね
誰の手にも
届かない

遠い光になって
いったのだね
貴方は
私たちの髪を梳《と》く
やさしい
やさしい風になったのだね――

素晴らしい人生

私の生涯は
障害だらけでギュウギュウだ
だが、何よりも
誰よりも素晴らしい人生を
送る自分を知った

人というものは
どう生きるか、という目標は勿論

どう生きて来たか、ということに
着目しなければならない

後世に残る有名な人物とは
正義と知性の他に
どのように最期まで
人生を全うしたか
評価されるものである

少女の夢

貴方がくれた
花飾り
私の小さな
花冠
蝶は舞い
私は心で詠い
詩は月となり
瞬く星となり

朝が来れば
美しい太陽に
日が変われば
雨がしとやかに降り
キラキラとして
命の結晶になりました

元気になぁれ

元気になぁれ
雑草のように
踏まれても
一生懸命
空を見て
元気を
勇気を
つれてこぉい！

人とは
さりげない出会いから
励みを受け
がんばって生きる
生きる力は
神が与えた魂の力

歌心

さみしくなったら
歌を詠みなさい
へたでも良いから
かまわず　ひたすら
詠みつづけなさい
心が潤うときを待ち
その時が来たら

まっすぐに前進されよ
自分を信じて
他をかえりみず
人に抗うでもなく歩まれよ
その先に
本当の心の答えがある

赤ちゃん

赤ちゃんの無垢な瞳は
どんな宝石よりも綺麗だ
赤ちゃんの無邪気な心は
どんなものよりも清らかだ
赤ちゃんは言葉が分からなくても
母親とのテレパシーで
心の有り様が理解できる
もしかしたら

赤ちゃんの方が
人として師ではなかろうか
汚れがなく透き通った心を持って

しかし
赤ちゃんは何時《いつ》頃から
澄んだ心を
汚されていってしまうのだろうか――

旅

人は
未知の世界に憧れ
たった一人で
旅に出る
行く手を阻む
悪天候が続くなか
美しい景観が広がった場所で
同じ志を抱懐する者同士が

出逢うと
夢を語り合い
さらにまた
前進する
剣は持たず
素手で助け合いながら

石になる

私は
母を亡くしたら
母のお墓の前で
泣き枯れた後
石になることでしょう
私は
いつか
周りをお花に囲まれ
母と手をつなぐことでしょう

マイ・オフィス・オートメーション

プリンターと
パソコンが
うまく　かみあわなくて
こまります
プリンターと
パソコンが
けんかでも
してしまったのかしら
はやく　なかなおりしてね
おねがいです

堂々と

希望だけは
夢だけは
失わない
どんなに
打ちのめされても
一人の人間として
ととのえられた

人間性を
性格を
よりよく快然させて
生きてゆく
最後の最期まで
潔く
堂々と

さよならでは終わらない

「さよなら」が
切ないほどに喉に詰まる
涙を出さないように
精一杯の愛で耐える
貴方が居ない
——虚無——
空虚の花弁を
風が浚ってゆく

貴方は何処にでも行く風の
姿
きっとまた
逢いに来てくれる
貴方の存在は
私の居場所を作ってくれる
キセキを運び起こす風

乾杯

母は強い
特に私の
母は強い
其だけに
母の涙を
知る私は
一番辛い

真に悲痛
を覚える
母に更に
倖せあれ
と心から
母に乾杯

しあわせの世界

それは夢のような世界
それは愛のように深く
やさしい雨音から心が
とかされてゆく根雪か
心からいろいろな形で
幻想を醸し出してくる
朝日よりも美しくて尚

光りよりも洗練されて
その眩しさは女神様の
微笑みでもあるようだ
硝子よりもたしかな物
散ることない花の世界
静けさを陽に守られて

雨

神様がくださったものは
愛が説かれていた
雨だった
乾いた地は
緑地となり
オアシスは
永久《とこしえ》に尽きない
水の美しい風景は
潤う大地となり
生命の新たな誕生を促す

跋――類まれなる愛の五行歌人

風祭智秋

私にも経験がありますが、一度歌集を出版すると一段落というか、少し気持ちが落ち着くというか、いったん手綱をゆるめるような心持ちになります。ところが美和さんは全く違いました。第一歌集『女神の落とし物』を上梓された後もほぼ五年半もの間、毎月欠詠することなく、たくさんの作品を『彩』誌面にて発表されてきました。

眠気と闘い
描き出す
作品は
内容の縺《もつ》れが
まあなんと酷く

五行歌
一行
一文字に
魂が吹き込まれている
文字が命の代わり

尽きることのない創作エネルギーは増してゆくばかりで、眠る間も惜しみながら五行歌を書き続けて来られたのです。魂を吹き込まれた五行歌は美和さんそのもの。優しくもあり、愛らしくもあり。また重度の心の病を抱えながら、苦しみや悲しみも作品として昇華し、歩みを進めてきたことに敬意を表します。

残酷な
幻聴
幻覚症状
止まらない
やまない

持病に押し潰される時
手料理の
母の愛情で
やさしい潮音を
きく

美和さんの病を誰よりも心配しながら、創作エネルギーをより良く引き出しているのは、お母さまですね。日々の叱咤激励と美味しい手料理を礎として闘病を支え、愛情をどれだけ注がれているのか、想像もつかないほどです。そればかりでなく『彩』で頑張る美和さんをご覧になっているうちにお母さまも五行歌の魅力を強く感じてくださり、積極的に美和さんに五行歌を学ぶよう導いてくださいました。

美和さんは私のことを師とおっしゃってくださいましたが、ほんとうの師は実はお母さまなのだということをここに申し添えます。

美和さんの五行歌研究は深まり、一行ごとの文字数を揃える作品をたくさん作られています。一行二文字、三文字、四文字など、意味も考慮しながら形式美も追究するという作品群は興味深いので、あえて本書でまとめてみました。

共に
在り
共に
詠う
歌を

未来を
旅する
列車の
車窓は
新鮮だ

五行歌の詠み手と読み手との関係を考えるということにおいて、重要な意味を持つ一首を見つけました。美和さんは詠み手が素敵な作品を作ることも大切だけれど、誰かが読んでくださることによって、作品がより一層輝くのだということに気づいたのです。作者の意図を超えて、歌世界に光が差し込むさまは実に美しいですよね。

歌は
自然体であっても
光を
読む方が
与えてくださる

美和さんは五行歌のみならず、まえがきにもあるように色々なことを学んで来られましたが、自由詩も多く創作されています。『彩』の自由な文芸のコーナー「遊歩みち」でも、毎号欠かさず発表されてきました。作者の自由な発想を余すところなく表現する手段として、のびのびと書かれています。特に『歌心』は五行歌人としての矜持を感じますし、私たち歌友への大きな励ましとも言える作品です。

そのなかにもあるように、美和さんは「へたでも良いから／かまわず　ひたすら」と自分に言い聞かせながら五行歌を詠み続けてきました。作歌を追究してきた賜物として、美和さんの初期の頃の作品と比べると、最近の作品はグッと短めに切れ味よくまとめられていることに気づかされます。これはご本人からうかがったのですが、特に船津ゆりさんをはじめ、歌友さんの作品から影響を受けてのことなのだそうです。

くじけるために
出生して来たのでは無い
望みと願望が
澄みきるまで
努力一丸の一生

光の輪
子ども時代から忘れない
和みの愛
美しさは
はじまりを見せる

そう、なぜこの世に生まれて来たのかと言えば、くじけるためではないのですよね。最初は単なる欲でしかなかった望みと願望は清らかに澄みきってゆくはず。まだまだ頑張れます。苦しいこともたくさんあるかもしれないし諦めたくなることもあるかもしれないけれど、一生をかけて努力を続けてゆけば、きっと辿り着ける境地があるのではないかしら。でも無理は禁物ですよ。あくまでも楽しく！

美和さんの五行歌から、光の輪が広がってゆきます。歌友さんとともに、これからも愛あふれる言葉を生み出してゆくことでしょう。第二歌集が終わりではなく、さらなるステップへのはじまりなのだということは間違いありません。類まれなる愛の五行歌人であるあなたに精一杯のエールを送りつつ、筆を置きます。

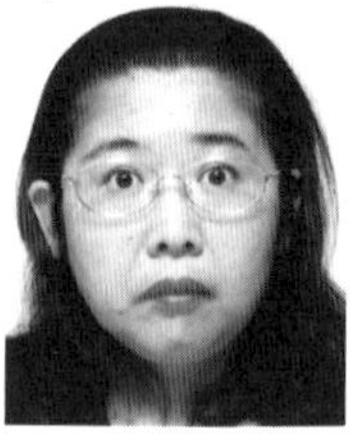

著者プロフィール

石井美和（いしい みわ）

昭和46年4月16日生まれ。平成20年1月より月間五行歌誌『彩』同人となる。この頃より五行歌の創作活動に打ち込むようになる。平成27年8月に五行歌集『女神の落とし物』を上梓。『MY詩集』元会員。

血液型B型。星座はおひつじ座。好きな花は薔薇とチューリップ。好きな言葉は「愛」と「友情」。

光の輪

令和3年4月20日　初版第1刷発行

著　者　石井美和

発行者　鈴木一寿

発行所　株式会社 彩雲出版　埼玉県越谷市花田4-12-11　〒343-0015
TEL 048-972-4801　FAX 048-988-7161

発売所　株式会社 星雲社（共同出版社・流通責任出版社）　東京都文京区水道1-3-30　〒112-0005
TEL 03-3868-3270　FAX 03-3868-6588

印刷・製本　創栄図書印刷株式会社

ISBN978-4-434-28921-7

定価はカバーに表示しています